AF468314

BANQUET ROYALISTE

A L'OCCASION

DES FÊTES DE MAI 1821.

PARIS,

DE L'IMPRIMERIE D'ABEL LANOE, RUE DE LA HARPE.

1821.

Prix de l'exemplaire : 75. cent. *pour les pauvres.*

BANQUET ROYALISTE

A L'OCCASION

DES FÊTES DE MAI 1821.

Une société nombreuse d'amis du Roi, réunis à Paris, sous le titre commun de CONSERVATEURS DE LA LÉGITIMITÉ, a voulu célébrer, par un banquet de famille, la double fête du baptême de S. A. R. Monseig.r le Duc de Bordeaux, et du sixième anniversaire de la rentrée de Louis XVIII dans sa capitale.

Dans cette réunion de Français fidèles, de tous les rangs et de toutes les époques, l'œil ne saurait fixer, sans un attendrissement mêlé de respect, assis à la même table, pénétrés des mêmes sentimens, heureux du même bonheur, d'anciens officiers de l'armée des Princes, des compagnons d'armes des TROIS CONDÉS, des guerriers de la Vendée, des défenseurs militaires de Lyon, des volontaires royaux de Paris, de l'est et du nord de la France, des soldats du Duc d'Angoulême, des combattans de Jalès, des royalistes du Midi et des confédérés de Bordeaux. On dirait, en les voyant, d'un rendez-vous donné par la Fidélité à tous les contingens du royalisme, dans le temple du Plaisir.

La salle du banquet, ornée avec goût, offre, au milieu d'une foule d'inscriptions, de devises, et d'emblêmes analogues à l'objet de la fête, le buste du Duc de BERRY, posé sur un socle où sont gravés ces mots :

Du Prince infortuné que nous avons perdu,
Nos cœurs, dans tous les temps, garderont la mémoire ;
Tout entier dans la tombe il n'est point descendu,
Car il nous laisse un fils qui fera notre gloire (2).

A cette première impression, où s'attache, hélas ! un souvenir pénible, succède bientôt le besoin d'en faire éclater une autre, dont rien, dans ce beau jour, ne saurait ternir la consolante sérénité. Le nom du ROI sort de tous les cœurs, et l'un des convives (2), spirituel interprète des

---

(1) Par M. Alexandre L......, volontaire royal en Belgique.

(2) M. Malandrin, avocat, capitaine de volontaires royaux, chevalier de la Légion d'honneur et de l'ordre du Saint-Sépulcre de Jérusalem.

sentimens qui les animent, s'empresse de les revêtir des charmes de la poésie, dans les couplets suivans :

AIR : *Jean Monet.*

Il n'est point de bonne fête
Sans les faveurs de Bacchus ;
Amis, que chacun s'apprête
A boire ce divin jus.
Sa couleur,
Sa fraîcheur,
Nous enchante, et nous procure
Une gaîté franche et pure ;
C'est l'ivresse du bonheur. (*bis.*)

Pour combler notre allégresse,
Il nous fallait un Bourbon ;
Le ciel à notre tendresse
Nous l'a rendu tout de bon.
A sa voix,
Sous ses lois
Disparaissent de la terre
Tous les fleaux de la guerre
C'est le modèle des rois. (*bis.*)

Qu'on nous vante Henri-Quatre,
Ce monarque révéré !
Pour moi, je suis idolâtre
De Louis-le-Désiré.
Dans Louis,
Réunis,
Je vois les rois de sa race ;
Lui seul nous offre la trace
Des Louis et des Henris. (*bis.*)

Ces noms augustes, séparés dans l'histoire par l'intervalle de plusieurs siècles, mais réunis, aujourd'hui, par le concours inespéré des plus étonnans prodiges, enchaînent à la fois le passé, le présent et l'avenir de la France, sous le sceptre des Bourbons. La santé du chef auguste de cette royale dynastie, miraculeusement raffermie sur les plus beaux trônes du midi de l'Europe, est solennellement portée en ces termes, par le président du banquet (1).

« La sagesse de Louis XVIII est le soutien de l'autel et du trône : elle amènera le bonheur de la France ;

» Son règne, en faisant oublier les désastres passés, rappelle les vertus de Henri IV et de Louis XII.

Buvons { A la prospérité du trône !
A la conservation du Roi !
A celle de son auguste famille !

Mais déjà tous les regards se tournent vers le berceau du royal enfant, qui doit en perpétuer parmi

---

(1) M. le commandant de Boyé, chevalier des ordres de Saint-Louis et du Phénix d'Hohenlohe, président honoraire de la société des Conservateurs de la légitimité, établie publiquement à Montpellier, en février 1820, au moment où parvint, dans cette ville, la fatale nouvelle de l'assassinat du duc de Berri.

nous la gloire et les vertus héréditaires; et les vers suivans, où respire la vive hilarité d'un cœur français, échappent à la verve d'un troubadour Occitanien (1).

Air connu.

Français! le ciel combla nos vœux,
Nous allons être tous heureux.
Un Prince, image de son père,
Orné des vertus de sa mère,
Vient, pour consoler nos enfans,
Et terrasser tous les méchans.
De Henri fêtons la naissance;
A tout bon Français elle rend l'espérance. (*bis.*)

Berri, tes souhaits sont remplis,
Tu renais pour nous dans ton fils.
Soustrait, hélas! à tant d'orages,
Qu'il coule des jours sans nuages!
Protégeons cette jeune fleur,
Pour nous le gage du bonheur.
De Henri fêtons la naissance;
A tout bon Français elle rend l'espérance. (*bis.*)

France! de ton royal manteau,
Couvre cet illustre berceau;
Digne de sa noble origine,
Entends la voix de Caroline,
En nous donnant cet enfant Roi,
Te dire: France, il est à toi. (*bis.*)

---

(1) M. Malbec, de Montpellier.

De Henri fêtons la naissance;
A tout bon Français elle rend l'espérance. (*bis.*)

A cet illustre rejeton,
Vidons chacun notre flacon;
Comme son aïeul Henri-Quatre,
Il saura boire, puis combattre,
Nous aimer; mais, pour vert-galant.......
Nous attendrons l'événement.
De Henri fêtons la naissance;
A tout bon Français elle rend l'espérance. (*bis.*)

Ardens à répondre à ce brillant appel, tous les convives saisissent la coupe du festin, et le vin de Bordeaux, le vrai nectar du jour, coule, en flots abondans, dans ce second *Toast*, que porte avec solennité, l'un des commissaires de la fête :

» Nous avons ardemment désiré la naissance de HENRI, désirons avec la même ardeur sa conservation, et celle de son auguste mère.

» Que d'espérances accumulées sur la tête du DIEU-DONNÉ!

» Il comblera tous les vœux, réparera tous les maux, réunira tous les esprits, et pénétrera tous les cœurs français du plus généreux des sentimens; l'amour des Bourbons.

---

(1) M. Malandrin.

Buvons {
A l'accroissement de ce royal enfant !
A la protection du ciel sur ses jours !
A ses vertus royales !
Que le descendant de Saint-Louis et de Henri, marche sur les traces de ses illustres aïeux !

Ces vœux trop sincères et trop brûlans, pour ne pas être inspirateurs, se reproduisent, dans cet autre chant français (1), dont le refrein redouble à chaque fois l'enthousiasme des convives :

Air connu.

De notre antique monarchie,
Pour nous ranimant le flambeau,
L'auguste enfant de la patrie
Nous range autour de son berceau.
Dans ce jour de fête,
Qui rappelle un refrein chéri,
Chantons amis, que la France répète :
Vive Henri ! (*bis.*)

Que ce cri d'aimable mémoire,
Retentisse dans nos concerts ;
Qu'il soit le signal de la gloire,
L'effroi du lâche et du pervers :

---

(1) Par M. Lestrade, homme de lettres, l'un des défenseurs de Lyon, sous les ordres du comte de Précy, ancien officier de l'armée royale de la Guienne.

Que dans la nuit sombre,
Réveillant le cœur de Berri;
Dans ce beau jour, il console son ombre :
Vive Henri! (*bis.*)

Son fils, précieux héritage,
Que sa mort lègue à notre amour;
Comme un héros, comme un vrai sage,
Sur nos fils, doit régner un jour.
Saluant d'avance,
Le bonheur d'un règne chéri :
Chantons amis, avec toute la France :
Vive Henri! (*bis.*)

Vrai Bourbon, fils de Henri-Quatre,
Joyeux convive, et vert galant;
De boire, d'aimer et de battre,
Il aura le triple talent.
Voyez comme il fête
Mars, Bacchus et minois chéri;
Heureux vainqueur, pour lui chacun répète :
Vive Henri! (*bis.*)

Sous ce roi, d'humeur noble et franche,
Libre de trouble, exempt d'impôt,
Le pauvre enfin, chaque dimanche,
Pourra mettre la *poule au pot.*
Alors, quelle fête!
Quel bonheur sous ce roi chéri!
Ivre d'amour, chaque Français répète :
Vive Henri! (*bis.*)

Et toi! céleste Caroline,
Mère d'amour et de douleur :
Dis-nous quelle vertu divine
Arme ton noble et tendre cœur?

Ah ! sois satisfaite !
Dans ton fils, retrouvant Berri :
Entends, partout, la France qui répète :
Vive Henri ! (*bis.*)

A ce vivat mélodieux, succèdent par une transition agréable, ces accens modulés sur les cordes les plus douces du cœur, et qu'exprime avec autant de sentiment que de modestie un poète Neustrien (1), jeune héritier des talens des anciens TROUVÈRES :

Et toi, fils désiré qu'attendait notre amour,
Pour ta mère et pour nous, grandis de jour en jour :
Tu n'auras pas besoin, enfant né de la gloire,
D'admirer tes aïeux aux pages de l'histoire ;
Sous tes yeux, tous les jours, autour de ton berceau,
Tu verras des vertus un exemple nouveau :
Ta mère t'apprendra la science angélique
D'opposer aux revers un courage héroïque ;
Ton aïeul qu'on chérit à l'aspect de ses traits
T'apprendra comme on sait parler aux cœurs français ;
Et Louis dont le sceptre est l'appui de la France,
De Thémis, dans tes mains, confiera la balance ;
Quand, fidèle à l'honneur comme à son souverain,
Ton oncle à ta vertu montrera le chemin,
Tu suivras aux autels la pieuse Antigone
Pour rendre grâce à Dieu des bienfaits qu'il nous donne !
Un siècle de bonheur vient d'éclore pour nous ;
La France te devra le destin le plus doux.

---

(1) M. Pithon de Coutances, bachelier ès-lettres.

Quel règne fortuné prépare ta naissance!
L'impiété s'éteint, la farouche licence,
Quand ton sceptre paraît, s'enfuit pleine d'effroi;
Et la religion vient s'asseoir près de toi!....
Charles! du haut des cieux, contemple cette fête,
Sur la mère et le fils, que ton regard s'arrête :
Ton sang, de l'Eternel, a calmé le courroux;
Veille sur les Bourbons, sur la France et sur nous!

Ce dernier vœu, en rappelant les rapports sacrés qui lient la PATRIE aux Bourbons, vrai pacte de famille dont la LÉGITIMITÉ, est tout-à-la-fois la base et le garant, amène un nouveau *Toast* qu'un des commissaires du banquet (1) proclame en ces termes :

« Boire à la LÉGITIMITÉ, c'est boire au bonheur « des peuples et des Rois; c'est porter le TOAST « du genre humain, dont la légitimité précéda « même le berceau; car, la première de toutes « les légitimités, c'est DIEU, comme la première « de toutes les usurpations, c'est l'ENFER. Trans- « portée dans l'ordre politique, la LÉGITIMITÉ » est tout-à-la-fois, le rempart des trônes contre « les attaques de l'anarchie, et la sauve-garde « des états contre le joug du despotisme.

« Vingt-cinq ans, la révolution l'exila de la

(1) M. Lestrade.

« France; vingt-cinq ans, la France porta les
« fers sanglans de la révolution; vingt-cinq ans, la
« France fut malheureuse par cette gloire même,
« d'ailleurs si noblement acquise à nos armes,
« mais impuissante pour notre bonheur, par cela
« seul que la LÉGITIMITÉ n'en consacrait pas les
« triomphes.

« Si vingt ans de batailles, de victoires, et de
« conquêtes, n'ont abouti qu'à ramener deux fois
« l'Europe armée dans notre patrie, c'est la faute,
« c'est le crime de *l'usurpation*. Si les baïonnettes
« d'un million de soldats envoyés pour nous
« asservir, se sont inclinées tout-à-coup devant
« notre indépendance, c'est le bienfait, c'est le
« prodige de la LÉGITIMITÉ. Et qu'a-t-il fallu
« pour cela? Un seul mot du véritable Souverain.

« C'est donc par l'influence de la LÉGITIMITÉ;
« c'est, sous ses rayons tutélaires que peuvent
« croître et se perpétuer, la *liberté civile*, *l'indé-
« pendance politique et l'honneur national*.

« Les royalistes sont donc les seuls vrais amis
« de la patrie, puisqu'ils n'ont cessé de combattre
« pour l'autorité légitime, qui seule peut assurer
« ses droits, et faire son bonheur.

« Eh! dans quelle autre partie du globe la
« LÉGITIMITÉ brilla-t-elle d'un plus noble éclat,
« que sur le front des Rois de France!

« Ornée de la justice de Louis IX, de l'habileté

« de Charles V, de la modération de Louis XII,
« de la clémence de Henri IV, de la grandeur de
« Louis XIV, de la bonté de Louis XV, de la
« bienfaisance de Louis XVI, puisse la LÉGITI-
« MITÉ trouver dans la sagesse de LOUIS XVIII,
« le moyen d'assurer la gloire et le repos de la
« France, par le triomphe de la fidélité sur la
« félonie !

« Toujours glorieuse pour le monarque qu'elle
« soutient, puisse la LÉGITIMITÉ devenir enfin
« utile aux sujets qui la défendent !! »

Ici la salle du festin retentit, au bruit des verres, de ces cris répétés avec enthousiasme :

VIVONS POUR LA LÉGITIMITÉ !!! MOURONS POUR ELLE, EN DÉFENDANT LES BOURBONS !!!

Ainsi se prolonge, sans s'affaiblir, la joie du banquet, par le charme des impressions agréables et touchantes, qui promènent, tour à tour, le sentiment et la pensée, du trône de LOUIS au berceau de HENRI, et de la mémoire de CHARLES aux vertus de CAROLINE.

Quelque chose semblerait manquer néanmoins à d'aussi pures jouissances, si, après avoir, pour ainsi dire, caressé les cœurs en détail, elles ne se présentaient pas réunies dans un ensemble propre à perpétuer sur eux leur aimable triomphe. De cette noble tâche, confiée à un talent jeune encore (1), mais inspirée par l'honneur et la reconnaissance, naît le tableau suivant, dans lequel, en vers harmonieux, se déroulent, comme autant de prodiges, les circonstances frappantes qui ont précédé, accompagné et suivi la naissance de l'auguste enfant, depuis la nuit, douloureusement célèbre, où BERRY mourant le prophétisait à la France, jusqu'au jour plus heureux où LOUIS vient de le bénir sur les autels de Notre-Dame.

STANCES.

Nos vœux, du Ciel ont fléchi la colère :
Du lis mourant il fait naître le lis,
Et des pleurs répandus sur la tombe du père
Nous console au berceau du fils.

De sa précieuse existence,
Le mystère encore voilé,
Dans quels momens, ô Providence!
Par toi nous est-il révélé?
Sous le poignard BERRI succombe;
Il touche à son dernier soupir,
Traînant avec lui dans la tombe,
Et sa race, et notre avenir.

---

(1) M. Louis-Armand Chevalier, étudiant en philosophie au collége Bourbon, pensionnaire de S. M., et fils d'un chef de royalistes normands, fusillé à Paris, par ordre de Buonaparte, en 1808.

Mais, ô prodige! de sa bouche
Que glace le froid de la mort,
Le secret de l'auguste couche
S'exhale, et change notre sort.
La mort même annonce la vie;
La France entend ce cri soudain:
« Conserve-toi, ma tendre amie,
« Pour l'enfant que porte ton sein. »

A cette faible créature
Des Français l'espoir et l'amour,
Neuf mois encore la nature
Voilera la clarté du jour.
Quels longs siècles pour notre ivresse!
Faut-il préparer à la fois,
Et le bandeau d'une Princesse,
Et le diadême des rois.

Bientôt, pour dissiper ce doute
Qui tient tous les cœurs en suspens,
Des cieux ne vois-je pas la voûte
Ouvrir ses parvis éclatans?
En songe, aux yeux de CAROLINE,
Le temps se déroule; et LOUIS
Pose sa couronne divine
Sur le front de son petit-fils.

Par le ciel proclamé d'avance,
Henri règne avant d'être né;
De bouche en bouche vole en France
L'auguste nom de Dieudonné;
Mais, ô forfait! la secte impie
Qui du père a percé le flanc,
Aux sources mêmes de la vie
Veut tarir celle de son sang.

Armé d'un coupable tonnerre
S'avance un nouvel assassin,
Il dit : « Par l'effroi de la mère,
« Que l'enfant expire en son sein?.... »
Crime impuissant! dans Caroline
Dont le courage est sans effort,
Deux fois la mère et l'héroïne
Tromperont l'espoir de la mort.

L'artisan du foudre homicide,
Forgé dans la haine des Rois,
Voit sur sa tête parricide
Promener le glaive des lois;
Il va périr.... Quand sur la trace
De CHARLES mort en pardonnant,
CAROLINE implore sa grâce
Au nom de leur royal enfant.

Ainsi de l'aube de sa vie,
La clémence teint les rayons;
Destin touchant qui l'associe
Aux douces vertus des Bourbons!
Mais de sa force, heureux présage,
Son nom terrasse les méchans;
Tel on vit, dans son premier âge,
Hercule étouffer les serpens.

Hier encor, des hommes infâmes
Ourdissaient d'horribles complots,
De nos cités, grâce à leurs trames,
Fuyaient le bonheur, le repos.
Henri naît! la France respire;
Des jours sereins lui sont rendus.
Qu'a-t-il donc fallu pour produire
Tant de biens?.... Un enfant de plus.

Ah ! pour cet enfant des miracles,
Présent de la faveur des cieux,
Ouvrez, ouvrez vos tabernacles,
Anges saints, ministres pieux !
Que l'onde qui lave nos crimes
Dans son cœur, verse avec ses flots
Les vertus pures et sublimes,
Et du chrétien, et du héros.

Grand Dieu ! qui fis de sa naissance
Le prodige de ton amour,
Conserve-lui, dans ta clémence,
Celle dont il reçut le jour.
Plus tendrement que Caroline,
Qui pourrait former sa raison,
Qui saurait mieux qu'une héroïne,
Guider l'enfance d'un Bourbon ?

Dans ce beau jour où Dieu, lui-même,
L'élève au rang de ses enfans,
Aux pompes saintes du baptême,
Mêlons nos transports et nos chants.
Des traits plus doux de l'espérance
Du passé voilant le malheur,
Que la tendre reconnaissance
Répète ce refrain du cœur :

Du ciel nos vœux ont fléchi la colère ;
Du lis mourant il fait naître le lis,
Et des pleurs répandus sur la tombe du père,
Nous console au berceau du fils.

Les larmes du plaisir succèdent en effet à celles de la douleur. Les convives attendris se promet-

d'en renouveler la source au 29 SEPTEMBRE, jour miraculeux dans les fastes de la légitimité. Ils s'empressent de porter, en signe d'union, un dernier TOAST à tous les Français disposés à la défendre.

La salle retentit donc de ce triple vœu, solennellement adressé à tous les CONSERVATEURS DE LA LÉGITIMITÉ, par l'un des commissaires du banquet (1).

Qu'ils veillent { Sur le trône de Louis !
Sur le berceau de Henri !
Sur les jours de tous les Bourbons ! }

L'inspiration poétique s'empare aussitôt de ces nobles sermens, et les reproduit dans cet heureux impromptu d'un preux chevalier (2), qui sait également bien et chanter et se battre :

Lorsque des méchans en furie
Contre la légitimité,
Dans leur rage non assouvie
Jurent haine à la royauté,
Soyons tous prêts à la défendre :
Mourir pour elle est notre loi ;
Jusqu'à la mort, faisons entendre :
Vivent les Bourbons et le Roi !

---

(1) M. Jousmet, chef de bataillon, officier de l'armée royale vendéenne, chevalier de Saint-Louis et de l'ordre d'Hohenlohe.

(2) M. Orelli, ancien officier de la légion de Mirabeau, chef de bataillon et chevalier de Saint-Louis.

Il reste encore un devoir à remplir : il est une dette sacrée pour des Français, la plus douce à des amis du trône, lorsque la générosité l'acquitte par les mains du plaisir, dans les fêtes consacrées aux Bourbons, premiers modèles de la première de toutes les vertus : la BIENFAISANCE.

Afin d'en adapter l'exercice à l'objet de la réunion, on vote unanimement l'impression des intermèdes qui l'ont embellie, pour en appliquer le produit au soulagement des pauvres.

Ce vœu d'humanité, si bien en harmonie avec les sentimens généreux qui font l'essence du royalisme, redouble la gaîté des convives, et se confond avec ces crsi d'enthousiasme, de dévouement et d'amour, qui terminent la fête :

VIVE LE ROI!

VIVENT LES BOURBONS!

VIVE LA LÉGITIMITÉ!

COUPLETS (1)

POUR LA NAISSANCE

DU DUC DE BORDEAUX.

Air : *Oui, je suis soldat, moi.*

Je chante en ce beau jour
L'heureuse naissance
D'un Prince, déjà l'amour
Et l'orgueil de la France.
De nos cœurs, empressons-nous
De lui porter l'hommage :
C'est, Bourbons, celui de tous
Qui vous plaît davantage.

Nos soldats, les premiers,
Dit-on, l'ont vu naître ;
Et soudain ces vieux guerriers
Ont proclamé leur maître.
Nos bras, ont dit ces héros,
Seront pour la Patrie ;
Mais nos cœurs sont à Bordeaux,
Notre sang, notre vie.

(1) La copie de ces vers a été remise trop tard pour être insérée dans la description du banquet. Composés par un royaliste de la bonne ville de Vesoul, ils ont été chantés par un des convives, fidèle Franc-Comtois, sincère et loyal ami de Pichegru.

Sur le destin des lys
Plus rien ne m'afflige ;
Désormais le petit-fils
A ravivé leur tige.
A son tour, ce rejeton,
Fleur de chevalerie,
Ornera de maint bouton
Cette tige chérie.

La santé d'un Dauphin
Doit nous être chère :
Que le Bordeaux le plus fin
Coule donc à plein verre !
C'est le vin de notre Roi,
Qu'il soit aussi le nôtre ;
Pour les BOURBONS, sur ma foi
Je n'en puis boire d'autre.

FIN.

www.ingramcontent.com/pod-product-compliance
Ingram Content Group UK Ltd.
Pitfield, Milton Keynes, MK11 3LW, UK
UKHW020543230726
13925UKWH00006B/2422

9 782014 046168